마포나루

마포나루

이성훈 창작동화

이지출판

누구나 어린 시절에 대한 추억이 있을 것이다. 그 추억을 글로 옮기는 일이 동화를 쓰는 길이다. 특히 본인이 어린 시절에 경험했던 사람들과 장소들에 대한 기억이 뚜렷할수록 그 시절로 돌아가고픈 마음이 간절하지 않겠는가. 비록 지금은 그 사람들과 그 장소들이 사라지고 없지만 동화 속에서 재현하고자 글을 쓰게 되었다. 동화 줄거리의 배경이 되는 시대는 가난하고 암울한 시절이지만 인간애가 있었던 때였다.

동화는 시적·극적 요소를 갖춘 서사문학이기에, 작가는 동화 줄거리를 '3인칭 전지자적 시점'으로 서술했다. '준호'라는 주인공을 등장시켜 그가 어린 시절에 체험한 사건을 파노라마처럼 잔잔하게 그려냈다. 준호는 꿈을 많이 꾸는 아이다. 그가 꾼 꿈이 현실인 양 생활 속에 녹아 있어서 동화가 꿈 이야기라는 점을 재미있게 서술할 수 있었다.

본 창작동화는 소재로 '어린 시절의 추억과 경험'을, 영감으로 '잊혀진 어린 시절의 경험을 동화로 창작하려는 열망'으로, 제목은 지금은 잊혀진 '마포나루'로, 주제는 '어린 시절에 대한 그리움과 회상'을, 등장인물 설정은 '준호'를 주인공으로 가족, 친구, 친척, 동네 사람들, 줄거리 구성은 '서두문(출발상황)—가해(결핍상황)—구원(해소상황)—종결문(행복한 또는 불행한 결말)'으로 완성했다.

또한 반복, 과제 부여, 과제 해결, 방랑, 가베, 변신, 기적 등의 특성을 활용했고, 특히 꿈과 환상을 글로 서술했다. 동화를 동화답게 만드는 특징이기 때문이다. 하지만 옛날 어린 시절의 경험을 상기하면서 자전적 동화를 쓰는 경우라면 모든 동화적 특성을 다 활용할 필요는 없다. 즉 필요할 경우에 알맞은 요소들을 활용하면 된다는 뜻이다.

아무쪼록 동화 주인공의 어린 시절 이야기를 통해 함께 공감하고 그 속으로 시간 여행을 떠나는 귀한 체험을 해 보기를 기대한다. 다시 말해 동화 속 준호의 삶이 독자들에게 "그래, 그땐 그랬었지." 또는 "그래, 그땐 그랬었구나."라고 화답하는 이야기가 되기를 바란다.

문학은 픽션이다. 따라서 작품 속에서 언급되는 지명이나 등장인물의 이름은 실제 같지만 모두 가명임을 덧붙인다.

2022년 3월 잠실나루에서

이성훈

차례

산동네 아이

푸른 하늘. 맑은 공기. 깨끗한 강물. 정박한 나룻배.

　　산동네에서 내다본 전경이었다. 푸른 하늘이 손에 잡힐 것 같은 산중턱에 판잣집을 짓고 살던 이곳 사람들에게 한강을 바라볼 수 있다는 게 여간 즐거운 일이 아니었다.

　　좁은 골목길을 전봇대가 이어나갔고, 전기선이 닿는 곳에 판잣집이 들어섰다. 그래도 난민 수용소는 아니었고 각자에게 소유권이 있는 자기 집이었다. 여름이면 시원한 바람이 불어와서 더위를 견딜 수 있어 좋았고, 겨울이면 너무 추워서 있는 옷을 모두 껴입고 지내야 하는 그런 집이었다.

　　이러한 곳에서 준호는 엄마, 아빠, 형과 함께 방 두 개짜리 집에서 살았다. 한 개의 방에서는 준호 엄마가 봉제공장을 운영했기 때문에, 네 식구는 한방에서 함께 자야 했다.

산동네 아이 준호는 맑고 귀여운 아이였다. 아직 유치원을 다니지 않는 어린 나이였지만 그 아이는 인사성이 밝아 만나는 사람마다 귀여워했다.

준호는 수제비를 좋아했다. 특히 이웃집에 사는 갑태 엄마가 해 준 수제비를 좋아했다. 으레 점심때가 되면 준호는 자기 집에서 슬그머니 빠져나와 갑태네로 갔다. 갑태네도 식구가 많은데 이웃집 준호가 반갑기만 하겠는가마는, 갑태 엄마는 한 번도 내색하지 않고 준호를 따듯하게 맞이했다.

사실 갑태는 준호 친형과 동갑인 누나이고, 준호와 동갑인 갑태 동생은 갑실이었다. 준호 입장에서는 갑실이 엄마가 더 알맞은 호칭이겠지만 남들이 모두 갑태 엄마라고 부르니 그렇게 따라 부를 수밖에 없었다. 그렇게 준호는 점심때마다 갑태네로 가서 수제비를 맛있게 먹었다.

하루는 준호가 평소보다 일찍 점심 먹으러 갑태네로 왔다.

"갑태 엄마, 저도 수제비를 만들어 볼래요."

"그래? 갑태도 안 하려고 하는데 어린 준호가 수제비를? 호호호……."

갑태 엄마는 장난감을 대신하라는 듯이 밀가루 반죽에서 일부를 손으로 떼어 준호에게 줬다.

"고맙습니다!"

준호는 밀가루 반죽을 가지고 공도 만들고, 별도 만들고, 새도 만들고……, 다양한 장난감을 마음껏 만들었다.

그때 갑자기 공과 별과 새가 나타나서 준호에게 인사를 했다.

"안녕, 준호야! 나 공이야."
"안녕, 준호야! 나는 별이야."
"안녕, 준호야! 난 새란다."

준호는 반갑게 인사하는 공과 별과 새를 가지고 즐겁게 놀았다. 준호는 공을 발로 차면서 펠레가 된 것처럼 드리블을 했다. 그 아이는 별을 보고는 "너는 준호별이구나. 너와 함께 하늘로 올라가고 싶어."라고 말하면서 어느새 별에 몸을 싣고 두리둥실 하늘나라로 떠났다. 그때 새가 준호별에 다가와서 "안 돼 준호야, 나와 함께 집으로 돌아가자. 엄마가 걱정하잖아."라고 말했다. 한참을 올라가서 준호가 푸른 하늘에 떠 있는 하얀 구름을 손으로 만지려는 순간 갑태 엄마가 소리쳤다.

"얘 준호야, 일어나서 수제비 먹어!"

갑태 엄마는 놀다 잠든 준호를 깨우면서 밥상에 맛있게 끓은 수제비와 김치 그리고 수저를 놓았다. 갑태와 갑실이는 얼굴을 찌푸리며 준호를 보고 말했다.

"침 좀 닦아, 이 잠꾸러기야!"

"어 여기가 어디죠? 난 하늘을 날고 있었는데……."

"호호호, 준호가 꿈을 꾼 모양이구나. 네가 만든 공과 별과 새 모양의 수제비가 그릇 안에 있을 테니 잘 찾아보렴."

준호는 비몽사몽간에 수저를 들고 그릇 안에서 부지런히 공과 별과 새를 찾았다.

산동네에서 아이들이 가장 즐기는 놀이는 말타기였다. 두 편으로 조를 나눠서 가위 바위 보로 말을 정했다. 가위 바위 보에서 지는 쪽이 말이 되는데, 가장 가위 바위 보를 잘 하는 아이가 전봇대나 벽에 등을 기대고 서 있으면 나머지 아이들은 허리를 굽혀서 사타구니에 머리를 박고는 말의 역할을 했다.

가위 바위 보에서 이긴 편 아이들은 신이 나서 차례대로 말 위로 올라타는데, 될 수 있으면 높이 점프해서 말 위에 탔다. 왜냐하면 말을 하고 있는 아이들이 말 타는 아이들의 힘을 이겨내지 못하고 무너지면 가위 바위 보로 승부를 낼 필요도 없이 이기게 되어 다시 말을 탈 수 있기 때문이었다. 더욱

이 잘 버텨서 전봇대나 벽에 기대선 아이와 말을 제일 먼저 탄 아이가 가위 바위 보를 할 때 지게 되면 그 역시 다시 말이 되어 다음 게임으로 넘어가게 되는 것이다.

준호는 아직 어려서 직접 참여하진 못하고 동네 형들이 하는 것을 구경하고 응원하는 걸로 만족해야 했다.

"나도 빨리 커서 말타기 놀이를 해야지."

준호는 속으로 다짐하면서 형을 응원했다. 준호 형, 준용이는 남들이 부러워하는 가위 바위 보 선수였다. 그래서 동네 아이들은 준용이와 같은 편이 되려고 아우성이었다. 상대 팀 대표는 준용이 또래 성철이었다. 성철이 또한 가위 바위 보를 잘 했지만 준용이의 적수는 못 되었다.

"형아, 이겨라! 형아, 이겨라!"

준호는 말타기에 열중한 형을 열성적으로 응원했다. 그래서 그런지 준용이는 열이면 아홉 번을 이겼다. 말타기 놀이는 땅거미가 지는 저녁까지 계속되었다.

"성철아, 저녁 먹어!"
"준용아, 준호 데리고 들어오렴!"

결국 부모들이 놀고 있는 아이들을 데리러 올 때야 말타기 놀이는 끝났다.

하루는 준호 엄마가 봉제공장을 운영하느라 바쁜 중에도 짬을 내서 갑태네 가족을 점심에 초대했다. 하얀 쌀밥에 소고기뭇국이었다. 매우 귀한 음식인데 준호 엄마는 큰맘 먹고 갑태네 식구들을 점심에 대접한 것이다.

"우리 준호가 매일 점심때면 댁에 가서 폐를 끼쳐서 미안했어요."

준호 엄마는 갑태 엄마에게 진심으로 감사했다.

"무슨 말씀이세요? 우리 먹는 음식에 숟가락 하나만 더
놓는 건데요. 반찬도 없는데 준호가 너무 맛있게 먹어서 고맙
기만 하답니다. 호호호……."

갑태 엄마는 그렇게 너스레를 떨고는 오늘 대접받는 음식
이야말로 진수성찬이라고 준호 엄마를 칭찬했다. 이웃사촌으
로서 준호네와 갑태네는 가난한 산동네에서 살지만 서로 의
지해 가며 하루하루 즐겁게 생활했다.

준호 아빠는 공무원이었지만 월급이 너무 적어서 생계는
준호 엄마가 운영하는 파자마 봉제공장으로 유지했다. 처녀
때 양장점에서 일했던 준호 엄마는 혼자서 재단도 손수하면
서 재봉틀 한 대로 파자마를 만들어 근근이 생활했다. 바느질
솜씨가 좋아 마포시장에서 인기가 높았으나 물량을 댈 수가
없어 힘든 생활을 했다. 이런 이유로 준호 아빠가 공무원을

그만두고 준호 엄마를 도와주는 역할을 했다. 즉 파자마가 완성되면 준호 아빠가 시장 거래처로 운반하는 일을 맡았다.

준호에게는 이모가 둘 있었다. 준호 엄마가 일하느라 바쁘면 큰이모와 작은이모는 아이들을 돌봐야 했다. 준호 엄마가 첫째, 둘째와 셋째는 아직 혼인을 안 해서 큰언니를 도와주면서 끼니를 해결하고 용돈을 벌어갔다. 준호는 이모들의 사랑을 많이 받아서 이모들이 서로 준호를 업겠다고 싸운 적도 있었다. 그래서 준호의 다리가 보기 싫은 오자 형이 된 것은 모르는 채 말이다.

준호가 세 살 때 여동생 준희가 태어났다. 준희는 피부가 서양 사람처럼 하얘서 동네 아이들이 '아이노고'라고 놀리기 일쑤였다. 그러면 준호는 화를 내면서 놀리는 아이들에게 그렇게 부르지 말라고 소리쳤다. 특히 아빠는 준희가 보고 싶어서 완성된 파자마를 거래처에 돌리고 나면 서둘러 집으로 와 준희를 돌봤다. 엄마가 바쁘게 일하니 아빠가 준희를 돌볼 수밖에 없었지만 아빠는 준호가 샘을 낼 정도로 준희를 예뻐했다. 그만큼 준희는 인형처럼 예쁘고 서구적으로 생긴 아이였다.

그러던 어느 날 준호가 네 살 되던 해에 아빠의 결단으로 복사골로 이사하는 일이 발생했다. 산동네와 복사골은 같은 도화동이지만 판잣집과 기와집의 차이가 났다.

"삼남매가 하루하루 다르게 커 가니 좋은 집으로 이사 가야 돼."

아빠는 돈이 없어 안 된다는 엄마의 말을 무시한 채 이사를 강행했다.

"큰 집으로 이사 가니 준호는 좋겠구나? 준호를 못 봐서 섭섭해서 어떻게 하니?"

갑태 엄마는 이삿짐을 싸느라 바쁜 준호네로 와서 입가에 미소를 지으면서 말했다. 준호는 새집으로 이사 가는 게 좋아 싱글벙글 들떠서 갑태 엄마를 본체만체하며 건성으로 말했다.

"아줌마, 우리 이사 가면 우리 집에 놀러오세요!"

"오, 그래? 준호가 초대했으니 꼭 가 봐야겠네? 호호호……."

준호는 웃으면서 배웅하는 갑태 엄마를 뒤로하고 그렇게 자기가 태어나 만 3년 동안 살았던 산동네를 떠났다.

2
복사골

복사골은 마포구 도화동의 옛 이름이다. 도화(桃花)라는 이름 속에 복숭아꽃이 유난히 많이 피는 복사골이라는 지명이 숨겨져 있음을 알 수 있지 않은가.

산동네 판잣집에서 살던 준호네는 빚을 내서 복사골 기와집으로 이사했다. 그래서 기와집에 방이 여러 개 있었지만 준호네 가족은 한방을 쓰고, 건넌방은 신혼부부에게 세를 줬으며, 그 옆에 딸린 방은 시골에서 올라온 외사촌형이 썼다. 진천에 살던 외사촌형은 서울에서 중학교에 입학해 부득이 함께 살게 되었다.

살림할 사람이 필요하여 외할머니도 형과 함께 올라와서 같이 살게 되었다. 준호는 그 형을 '할머니형'이라고 불렀다. 할머니형은 공부하느라 바빠서 그런지 준호하고는 놀아줄 생각도 안 했다. 준호가 너무 어려서 말상대가 안 된다고 그 형이 생각하는지를 아는 데는 많은 시간이 걸리지 않았다. 그래도 천성이 밝은 준호는 할머니형을 볼 때마다 반갑게 인사하며 졸래졸래 따라다녔다.

"할머니형, 나랑 놀면 안 돼?"
"……."

할머니형은 대꾸도 안 하고 자기 방으로 쏙 들어갔다.

변덕이 심한 외할머니는 비위가 상하면 쪼르륵 외삼촌이 계시는 진천으로 내려갔고, 준호 엄마는 살림하랴 일하랴 정신이 없었다. 이모들도 결혼을 해서 이제 더 이상 준호네를 도와줄 수 없었다. 할 수 없이 준호 엄마는 먼 친척이라는 열일곱 살쯤 되어 보이는 여자애를 식모로 들였다. 준호는 그 식모를 '누나'라고 불렀다. 식모 누나는 준호 엄마가 집에 있는 시간에는 열심히 일하는 것처럼 하고, 엄마가 집에 없는 시간에는 방에 누워서 빈둥빈둥 놀았다.

점심때가 되어 준호가 "누나, 배고파. 밥 줘!"라고 말하면, "네 뱃속엔 밥 귀신이 들어 있니? 아침 먹은 지 얼마나 되었다고……." 하며 퉁명스럽게 말하고는 대충 밥상을 차려 주었다. 그래도 준호는 어린 여동생과 맛있게 먹었다.

그사이에 봉제공장을 정리하고 준호 엄마와 아빠는 큰 섬유 공장에서 만든 속내의를 떼다가 시장 양품점에 납품하는 대도리 일을 하면서 살아갔다. 준용이는 장남이라 일곱 살이 되자 성당에서 운영하는 백합유치원에 다녔다. 백합유치원은 산꼭대기에 있는 성당 안에 있었기 때문에 준용이는 시골에서 다시 올라온 할머니의 손을 잡고 다녔다.

"엄마, 나도 유치원에 갈래. 형 따라갈래. 엄마, 나도 보내 줘!"

준호는 자기도 유치원에 다니고 싶다고 엄마를 졸라댔다.

"준호야, 너도 형처럼 일곱 살이 돼야 유치원에 갈수 있단다. 어서 빨리 크렴."

준호는 떼를 쓰다가 안 되자 포기하고는 마당에서 기르는 진돗개와 놀았다. 진돗개는 준호를 잘 따랐다. 어느 날 진돗개가 엎드려 꼼짝하지 않자 준호는 무슨 일인가 하여 "바둑아, 어디 아프니? 왜 꼼짝도 안 하니?"라고 말을 붙이면서 진돗개의 머리를 쓰다듬었다. 그 순간 진돗개는 뭐가 틀어졌는지 준호의 무르팍을 "왕!" 물었다.

"아얏! 엄마~~ 앙앙!!"

준호는 너무 놀라고 아파서 엉엉 울면서 엄마를 찾았다. 하지만 준호 엄마는 일하러 나가고 없었고, 준용이를 유치원에 데려다 주고 와서 안방에 누워 있던 할머니가 깜짝 놀라 뛰어나왔다.

"무슨 일이니? 준호야, 아이고 피가 나네. 어떻게 하나?"

준호 할머니는 정신없이 준호를 끌어안고는 동네 의원으로 달려갔다. 의사가 준호의 상처 난 왼쪽 무릎을 보니 개한테 물린 이빨 자국이 선명했고, 붉은 피가 계속 흘러나왔다.

"많이 아프겠구나. 약을 발라 줄 테니 잘 참아야 한다."

의사는 상처 부위를 정성스럽게 치료했고, 광견병에 대비해 준호의 엉덩이에 주사도 한 대 놔줬다. 준호는 엉엉 울면서도 치료도 받고 주사도 잘 맞았다.

집으로 돌아오는 길에 할머니는 준호에게 알사탕을 사 줬다. 상처 부위가 아프다면서도 준호는 사탕을 입에 물고 약간 다리를 절뚝거리며 할머니의 손에 이끌려서 집으로 갔다.

저녁때 아빠가 얘기를 듣고는 펄쩍 뛰시며 당장 바둑이를 혼내 줬다. 이후 진돗개는 큰이모네 집으로 보내졌다.

복사골에서 준호는 무럭무럭 자라나 어느새 여섯 살이 되었다. 준호 형 준용이는 마포초등학교 3학년이 되었고, 준호

동생 준희는 세 살이 되었다. 준호 엄마는 바쁜 중에도 삼남매가 입을 겨울옷을 손수 털실로 짜서 입혔다. 특히 준용이를 위해 털실로 짠 겉옷은 세상에 하나밖에 없는 멋진 옷이었다. 그 옷을 준용이가 복사골 광장에서 동네 아이들과 다방구 놀이를 하다가 잃어버렸다. 중학생처럼 보이는 낯선 형이 놀이에 열중해서 땀을 뻘뻘 흘리는 준용이에게 다가가 "땀을 많이 흘리는구나. 덥지? 외투를 벗어서 내게 맡기렴. 내가 외투를 가지고 있다가 다방구가 끝나면 돌려줄 테니."라고 말하면서 준용이의 외투를 받아 들고는 정신없이 놀이에 빠진 사이에 유유히 사라졌다.

그날 밤 준호는 엄마에게 혼나는 형을 이불 속에서 자는 척하며 실눈을 뜨고 훔쳐보았다. 복사골에서의 겨울밤에 준호는 바보 같은 형처럼 자기는 외투를 잃어버리지 않으리라 다짐하면서 꿈나라로 들어갔다.

옛날에 복사골이라는 마을에 쥐돌이와 야옹이가 살았어요. 쥐돌이는 부유한 상인의 쌀 창고에서 부모와 네 명의

형제자매와 함께 살고 있었어요. 야옹이는 상인이 쌀을 갉아 먹는 쥐를 잡으려고 장날 시장에서 사 온 매서운 눈과 날카로운 발톱을 가진 고양이였어요. 쥐와 고양이가 앙숙인 것은 잘 아는 사실이죠.

"큰일났구나. 무서운 고양이가 우리 집에 들어왔어!"

아빠 쥐는 가족들을 모아 놓고 탄식했어요.

"아이고, 이사를 가야 되는 거 아닌가요? 아이들을 고양이 밥으로 줄 수는 없잖아요."

엄마 쥐가 근심 어린 목소리로 말했어요. 그때 쥐돌이가 자식을 대표해서 부모를 안심시키려는 듯이 말했어요.

"걱정하지 마세요. 고양이가 무섭고 날쌔다지만 고양이 목에 방울을 달아 두면 그 방울 소리를 듣고, 우리가 도망치

거나 숨으면 되잖아요."

"좋은 얘기다만, 어떻게 고양이 목에 방울을 달겠느냐?"

"야옹이가 깊이 잠들었을 때 우리가 달면 되죠."

둘째 쥐순이가 별거 아니라는 듯이 말했어요.

"하하하…… 호호호…… 크크크……."

웃음꽃이 피었지만 고양이 목에 방울을 어떻게 다느냐는 문제는 쉽게 해답이 나오지 않았어요. 한참을 고민한 끝에 아이디어를 내놨던 쥐돌이가 말했어요.

"우리 집을 주인집 안방으로 옮겨요. 십중팔구 부유한 상인은 우리가 나타나면 고양이를 안방에 들이겠지요. 우리가 조용히 숨어서 기다리면 고양이는 우리가 방 안에 없는 줄 알고 문밖으로 나갈 거예요. 그때 우리가 주인에게 나타나서 찍찍거리면 야옹이를 찾으려고 이리 뛰고 저리 뛰어다니지 않겠어요. 그러는 사이에 우리가 방울을 주워 주인이 잘 보는 자리에 놔 두면 상인은 이렇게 생각하겠지요. '오, 이 방울을 고양이 목에 매어 줘야겠구나. 그럼 고양이가 어디 있는지 금방 알 테니깐⋯⋯.'"

"좋아 좋아. 하하하⋯⋯ 호호호⋯⋯ 크크크⋯⋯."

쥐 가족들은 쥐돌이의 생각에 박수를 치며 좋아했어요.
그 후 야옹이는 목에 방울을 달고 지냈고, 쥐돌이 가족은 쌀 창고에서 배부르게 잘 먹고 잘 살았다고 합니다.

"고양이 목에 방울을⋯⋯."

준호는 잠꼬대를 하면서 아침 일찍 눈을 떴어요.

"아, 꿈이었구나. 근데 너무 생생한데⋯⋯. 친구들에게도 들려줘야겠어."

3

밤섬

어느 날 아침 준호는 친구들을 만나 마포나루로 갔다. 밤섬에 놀러가기 위해서였다. 밤섬은 마포나루에서 3시 방향으로 40분가량 노를 저어가면 도착하는데, 여의도와 마포나루 사이 강 한복판에 있는 작은 섬이다. 식구들에게는 말하지도 않고 준호는 몰래 친구들과 만나 마포나루로 간 것이다.

마포나루에는 많은 배들이 정박해 있었다. 큰 배들은 멀리 한강 한가운데 정박해 있었는데, 크기가 어마어마했다. 준호와 친구들은 눈이 휘둥그레져서 큰 배를 쳐다봤다. 하지만 밤섬을 오가는 배는 노를 젓는 작은 배였다. 그런데도 배를 타려는 사람들이 뱀처럼 길게 줄지어 서 있었다.

마포나루 한쪽 배에는 기생들이 화려한 한복을 입고 장구와 북장단에 맞춰 덩실덩실 춤을 추고 있었다. 술상을 벌이고 있는 아저씨들은 서로 술잔을 주거니 받거니 하면서 연신 담배를 피웠다. 그들은 흥에 겨워 음탕한 눈초리로 기생들을 쳐다보면서 한데 어울려 몸을 흔들어 댔다.

준호와 친구들은 왕복 5원 하는 뱃삯이 없어 꾀를 냈다. 배를 타려는 어른들에게 "저 좀 함께 태워 주세요! 네?"라고 애원했고, 마음씨 착한 아줌마와 아저씨는 아이들의 손을 잡고 밤섬 가는 나룻배에 같이 올라탔다.

뱃가에 앉아서 준호는 맑은 한강물에 손을 담가 보았다. 배의 움직이는 속도 때문에 준호의 손등으로 하얀 물보라가 생겼다. 푸른 강물 속에서는 보일 듯 말 듯 예쁜 물고기들이 준호의 손을 따라오는 것 같았다.

"창진아, 여기 좀 봐. 물고기가 내 손가락을 깨물려고 해!"

준호는 친구에게 신기한 듯 소리쳤다. 창진이도 맑은 강물 속을 뚫어지게 바라보면서 "어디어디? 와, 물고기다."라고 맞장구를 쳤다. 배가 앞서거니 물고기가 앞서거니 밤섬을 향해 다가갔다. 준호와 친구들은 따가운 햇볕이 내리쬐는 나룻배에 몸을 맡긴 채 맑은 물속에서 보물찾기를 하듯 물고기 찾기를 하면서 밤섬에 도착할 때까지 들뜬 마음을 주체할 수 없었다.

준호는 친구들을 만나면 얘기해 주겠다던 꿈 이야기를 까맣게 잊어버리고 맑은 강물 속을 들여다보다 들어오라고 손짓하는 인어공주를 만났다. 안데르센 동화에 나오는 인어공주처럼 너무나 예쁘게 생긴 공주가 들어오라니 준호는 아무 생각 없이 스르르 배 가장자리에서 물속으로 들어갔다.

"호호호, 준호 씨 반가워요. 나와 함께 용궁으로 가요."

인어공주는 준호의 손을 잡고 하염없이 강 밑으로 밑으로 내려갔다. 커다란 궁전이 나타났고, 성문 앞에는 상어 두 마리가 경비 복장을 하고 좌우에 서 있다가 공주를 보더니 거수경례를 했다. 순간 준호는 커다란 상어가 무서웠지만 공주의

손을 꼭 잡고 바짝 붙어서 성안으로 들어갔다. 준호와 공주는
마침내 용왕 앞에 도착했다.

"아빠, 지상에 살고 있는 준호 씨를 데려왔어요. 어서 간
을 빼서 약으로 쓰세요."

공주는 더 이상 예쁜 얼굴이 아니었고, 무서운 눈으로 준
호를 째려보면서 병에 걸려 시름하는 용왕에게 준호의 간을
빼서 먹으라고 말했다. 준호는 한동안 어리벙벙하면서 "이거
'토끼의 간' 이야기인데, 정신 차리자."라고 다짐하면서 용왕
께 말했다.

"용왕님, 사실은 토끼의 간이 용왕님의 병 치료제이지 사
람의 간은 효험이 없답니다. 제가 속히 지상으로 올라가서 토
끼의 간을 가져올 테니 다시 올려 보내 주세요. 네?"

용왕은 천진난만한 눈으로 애원하는 준호를 바라보면서

말했어요.

"그래 좋다. 나도 토끼의 간이 좋다는 얘기는 이미 들어 알고 있었다. 공주는 준호를 속히 지상으로 데리고 가서 토끼의 간을 가져오도록 하여라."

"휴!" 하고 한숨을 쉬면서 준호는 이제 더 이상 예뻐 보이지 않는 공주의 손을 잡고 배 위로 다시 올라올 수 있었다.

그때 상호가 침을 흘리면서 끄덕끄덕 졸고 있는 준호를 흔들어 깨우면서 말했다.

"야, 준호야, 정신 차려! 그사이에 졸다니 대단하구나. 이제 내려야 돼."
"인어공주는……."

마침내 준호와 친구들은 밤섬에 도착했다. 밤섬 부둣가도 마포나루보다는 작지만 작은 배들이 많이 정박해 있었다. 백사장에는 사람들이 수영복 차림으로 일광욕을 즐기거나 물속에서 수영하고 있었다. 준호와 친구들도 백사장으로 가서 고무신과 윗도리와 반바지를 벗어 놓고 팬티만 걸친 채 첨벙첨벙 물장구를 쳤다.

요란스런 치장을 한 배 위에서는 "이리 보아도 내 사랑, 저리 보아도 내 사랑, 사랑 사랑 내 사랑이야." 하면서 기생들이 장구와 북 장단에 맞춰 '사랑가'를 부르면서 춤을 추고 있었다. 기생들과 술판을 벌이고 있는 어른들을 준호와 친구들은 이해하기 어려웠다.

땅거미가 지기 시작하자 준호와 친구들은 서둘러 옷을 입고 밤섬 부둣가로 달려갔다. 물장구치고 시간 가는 줄 모르고 놀다가 땅거미가 지자 집 생각이 난 것이다.

"준호야, 어떻게 하니? 배를 안 태워 주면 어떻게?"

상호가 초조하게 말했다.

"걱정하지 마. 여기 올 때처럼 어른들 손을 잡고 당당하게 배를 타자꾸나."

준호는 걱정하는 친구들을 격려하면서 배에 오르려고 긴 줄을 선 어른들 틈을 파고들었다. 다행히 준호와 친구들은 아저씨와 아줌마의 도움으로 무사히 마포나루로 돌아올 수 있었다.

4
마포나루

준호가 복사골 집에서 마포나루를 가려면 큰길가 새우젓 가게들을 지나가야 한다. 어찌나 새우젓 냄새가 진동하는지 아이들은 코를 틀어막고 뛰어서 지나갔다. 길바닥도 질퍽질 퍽해서 준호와 친구들은 까치발을 하고 토끼처럼 콩콩 뛰어 재빠르게 지나갔다.

"헉헉…… 숨이 차니, 좀 천천히 가자!"

준호는 상호의 팔을 붙잡으며 말했다.

"야 인마, 나는 새우젓 냄새 때문에 빨리 가고 싶어!"

상호는 준호의 손을 뿌리치고 앞서 달려갔다.

"저 치사한 자식! 준호야, 내 팔 잡아! 나랑 같이 숨 좀 돌리고 가자!"

창진이가 헐떡이는 준호를 돌아보고 멈추면서 말했다.

준호와 상호와 창진이는 복사골 삼총사다. 이 아이들은 지난번 밤섬에 같이 놀러갔던 멤버이기도 하다. 밤섬에서 너무 늦게 돌아와 부모님께 야단맞고는 밤섬 금지령이 내려, 오늘은 그냥 마포나루에서 배 구경이나 하려고 복사골을 출발한 것이다.

새우젓 가게가 평행선처럼 거리 양쪽을 수놓았고, 새우젓을 사려는 인파들로 북적댔다. 그러니 맨 앞장서서 달리던 상호도 사람들과 부딪치기 일쑤였고, 준호와 창진이도 사람들 사이를 헤집고 다니느라 질퍽한 바닥에 이미 고무신이 흙탕물 범벅이 되었다.

새우젓을 산 사람들은 양손에 짐을 들고 전차를 기다리느라 긴 줄을 섰다. 청량리로 가는 전차의 출발점이 바로 여기 마포종점이다. 삼총사는 잠시 멈춰 서서 사람들을 가득 태우고 출발하는 전차를 바라보았다.

"아, 나도 타고 싶은데……."

상호가 부럽다는 듯이 말했다.

"너 아직도 전차 안 타 봤니? 하하하……. 난 아빠와 엄마와 형과 동생과 함께 전차 타고 창경원에 갔었는데……."

준호가 으스대며 자랑했다.

"나도 우리 가족들과 한 번 타 봤어."

창진이도 으스대며 말했다.

기분이 나빠진 상호는 "야 인마, 나도 곧 탈 거야. 빨리 나루터로 가자!" 하고 소리를 질렀다.

삼총사가 마포나루에 도착해서 처음 본 것은 한강 한가운데 닻을 내리고 정박 중인 커다란 군함이었다.

"와……, 저기 좀 봐! 대포 달린 배가 있어!"

상호가 신기하다는 듯 외쳤다.

"오……, 정말 멋있다. 대포 달린 배가 뭐니? 저건 군함이야. 군인들이 바다에서 전쟁할 때 쓰는 배……."

창진이가 그림책에서 봤다며 자신 있게 말했다.

"그래, 나도 그림책에서 군함을 봤어. 직접 보니 정말 크다!"

준호도 거들었다.

사실 군함이 마포나루까지 들어와서 정박하는 건 드문 일이다. 민간인들이 고기잡이나 유람하려고 만든 배가 대부분인데, 군함이 한강 한가운데 정박해 있으니 삼총사들은 흥분할 수밖에 없었다. 그리고 어른들도 그 광경을 보고 감탄하는 것은 아이들과 마찬가지였다.

커다란 배 한 척
쇠로 만든 배
대포도 있고
기관총도 있네
구릿빛 얼굴
하얀 유니폼

작은 배 수십 척
나무로 만든 배
대포도 없고
기관총도 없네

구릿빛 얼굴

누런 바지저고리

어쨌든 준호와 친구들은 좋은 구경거리에 오늘 마포나루
에 나온 것을 정말 잘했다고 서로 바라보면서 즐거워했다.

마포나루에서 이런저런 광경을 구경한 삼총사는 지난번
늦게 돌아가 혼났던 생각이 밀려와 서둘러 복사골로 향했다.

5

아빠의 자전거

준호 아빠의 자전거는 짐자전거다. 짐자전거를 타고 아빠는 섬유 공장에 가서 완성된 내의 제품을 싣고 마포시장에 있는 가게로 운반한다. 그래서 아빠 자전거 뒤쪽 짐칸에는 커다란 광주리 상자가 두꺼운 검은 고무줄로 묶여 있다.

가끔 아빠는 퇴근길에 준호를 만나면 그 광주리에 준호를 태워 준다. 준호는 아빠의 자전거가 세상 어떤 자가용보다 좋다고 생각했다. 심지어 아빠가 준호와 여동생을 함께 광주리에 태우고 복사골 여기저기를 돌아다니면 너무너무 신났다.

"아빠, 너무 좋아요! 동네 애들이 우리를 부러운 듯이 쳐다봐요!"

준호는 자전거 페달을 밟느라 힘들어하는 아빠는 아랑곳 않고 신나서 외쳤다.

"아빠, 나도 신나요! 근데 무서우니까 너무 빨리 달리지는 마세요!"

준희도 광주리 테두리를 꼭 붙들고는 소리쳤다. 그때 자전 거가 갑자기 하늘로 올라가기 시작했다.

"어어어……."

아빠도 놀라서 소리를 지르며 자전거를 제어하려고 했지 만 말을 듣지 않았다. 하늘에서 무엇인가가 아빠의 자전거를 빨아들이는 것 같았다. 놀란 아빠와는 달리 준호와 준희는 신 이 났다.

"야호! 아빠 자전거 최고!"

한참을 하늘로 올라가니 이상하게 생긴 외계인이 우리를 보고 집게손가락을 내밀었다. 순간 준희는 무서워서 꼼짝달싹 못했지만, 준호는 용기를 내어 자기 집게손가락을 외계인의 손가락에 대었다.

"안녕! 준호야! 난 우주에서 온 이티(ET)란다."

준호는 놀랐지만 침착하게 "오! 이티야! 반가워." 하고 마음속으로 말하면서 자기소개를 했다. 이티도 한껏 고무된 듯 우주에 있는 자기 나라와 사람들 이야기를 하며 시간 가는 줄 몰랐다.

"준호야, 준희야, 자전거에서 졸면 안 돼!"

아빠가 큰 소리로 잠에 취해 졸고 있는 아이들을 깨웠다.

"아, 이티야~~"

준호와 준희는 마치 우주선을 타고 하늘나라에 갔다 온 양 동네 애들에게 으스대며 아빠의 자전거로 복사골을 한 바퀴 돌았다.

6

다방구

복사골 아이들이 가장 좋아하는 놀이는 다방구였다. 복사골 광장에 아이들이 모여서 전봇대를 술래 집으로 정하고, 가위 바위 보를 해서 술래를 뽑았다. 복사골 아이들이 많아서 보통 술래는 두 명을 뽑았다. 가위 바위 보를 해 진 아이 두 명이 술래를 맡았다.

술래는 시커먼 전봇대에 얼굴을 대고 '하나, 둘, 셋, 넷, …… 열!' 또는 '하나, 둘, 셋, 넷, …… 열다섯!' 하고 큰 소리로 세고 나서 아이들을 잡으러 다녔다. 술래가 도망치는 아이들의 몸에 터치하면 그 아이는 잡혀서 전봇대에 손을 대고 잡혀 있어야 했다. 잡힌 아이들이 전봇대에 길게 손을 잡고 늘어서면 아직 안 잡힌 아이가 "다방구!" 하고 잡힌 아이들의 잡은 손을 접촉하면 다 살아났다.

반대로 성공하지 못하고 다 잡히면 술래가 이기게 되어 놀이가 끝나고 술래였던 두 명을 제외하고 새로 가위 바위 보를 해서 진 아이 두 명이 술래가 되어 새 게임이 진행되는 것이다.

잡힌 아이들이 손에 손을 잡고 길게 늘어선 모습은 마치 커다란 문어발처럼 이리저리 춤을 추면서 살아나길 열망했다. 두 명의 술래 중 한 명은 전봇대에 머물면서 잡힌 아이들을 관리하고, 나머지 술래는 아직 잡히지 않은 아이들을 찾아 접촉하려고 애쓰는 모습이 매우 진지했다. 그렇게 복사골 아이들은 유치원생부터 초등학교 6학년까지 모두 모여 다방구 놀이를 즐기는 것이다.

사실 다방구는 남자애들의 놀이였다. 여자애들은 고무줄 놀이를 즐겼다. 그래서 준희는 오빠들이 다방구 놀이를 할 때면 심심해서 "나도 끼워 줘, 오빠야!"라고 조르기 일쑤였다.

"너는 아직 어리고 계집애니까 다방구는 못 해."

준호가 제법 의젓하게 준희에게 말했다.

"싫어, 싫어. 나도 같이 할래!"

준희가 억지를 부리면 큰오빠가 "그래 준희야, 네가 조금 더 크면 같이하자." 하고 점잖게 타일렀다.

어쨌든 다방구는 준호와 준용이뿐만 아니라 복사골 모든 아이들이 가장 좋아하는 놀이였다.

하루는 준호가 갑자기 장님놀이를 하고 싶었다. 장님놀이란 그저 장님처럼 눈을 감고 길을 걸어가는 놀이였다. 놀이라고 말하는 것이 모순이지만 즐거움을 갖기 위해 장님 흉내를 내는 거니 놀이라고 할 수밖에 없지 않은가. 그때가 마침 마포아파트를 막 지으려던 시기라 복사골에서 마포초등학교 가는 큰길의 한쪽은 아파트 건설을 위해 축대를 쌓은 낭떠러지였다.

장애인과 비장애인의 차이는
종이 한 장

어둠과 밝음의 차이는
눈꺼풀 한 겹

삶과 죽음 사이에서
방황하는 사람들

삶과 죽음의 차이도
종이 한 장

'어디에서부터 시작할까? 때마침 행인들이 없으니 지금
장님 흉내를 내봐야겠다.'

준호는 엉뚱하게도 이런 생각을 하고는 큰길 한가운데서
눈을 감고 걷기 시작했다.

'얼마나 갔을까? 이제 눈을 떠볼까?'

준호는 운명처럼 그런 생각을 하고는 눈을 떴다.

"아이고, 맙소사!"

눈을 뜬 준호는 깜짝 놀랐다. 한 발자국만, 아니 반 발자국만 더 디뎠어도 마포아파트를 짓고 있는 낭떠러지 밑으로 추락할 뻔했다. 준호는 다리가 후들거려 뒤로 털썩 주저앉았다.

주위에는 아무도 없었다. 준호는 혼자서 몸을 추스르고는 두 번 다시 장님놀이는 안 하리라 마음먹으며 서둘러 집으로 돌아갔다.

7

떡볶이 가게

복사골 광장 한쪽에는 아이들이 좋아하는 떡볶이 가게가 있었다. 특히 준호는 그 가게에서 떡볶이 먹는 것을 너무 좋아했다. 3원에 반 접시, 5원에 한 접시를 주니 그 가게는 동네 아이들로 문전성시를 이뤘다.

　떡볶이 가게 주인은 마음씨 좋은 아저씨였다. 아침 일찍 가게에 나와 불을 지피고 물을 붓고 고추장을 풀고 떡볶이떡을 넣고 설탕을 조금 뿌린 다음 나무주걱으로 이리저리 저으면 맛있는 떡볶이가 되었다.

　준호는 엄마 아버지가 출근하고 나면 부리나케 떡볶이 가게로 달려가서 그 요리 진행 과정을 다 본 유일한 아이가 되었다. 엄마가 준 용돈 5원짜리 지폐를 손에 쥐고 일찍 달려온 첫 손님 준호를 가게 아저씨는 반갑게 맞이하면서 첫 번째 완성된 떡볶이를 준호에게 팔았다.

"아저씨, 떡볶이 3원어치만 주세요! 많이 주세요!"

"오, 준호 왔구나. 그래 조금만 기다리렴. 곧 떡볶이가 익으면 바로 줄 테니……."

준호는 군침을 흘리면서 떡볶이가 빨리 익었으면 좋겠다는 듯이 쳐다보았다. 마침내 떡볶이가 완성되자 아저씨는 한 접시 가득 담아 건네면서 "준호야, 맛있게 먹어! 첫 개시라 조금 더 줬다." 하고 말하며 준호를 사랑스럽다는 듯이 바라보았다.

그렇게 시작된 준호의 떡볶이 사랑은 매일 반복되었고, 돈 5원을 다 쓰고 난 뒤에야 멈췄다.

"아저씨, 이제 돈이 없는데 떡볶이를 더 먹을 수는 없나요?"

준호는 애련한 눈망울로 아저씨와 떡볶이를 번갈아 쳐다
보며 말했다.

"글쎄…… 오늘은 많이 먹었으니 그만 먹고 내일 또 와서
사 먹으렴."

아저씨는 준호의 눈을 외면하면서 떡볶이를 저으며 말했다.

난 떡볶이가 좋아
너무 좋아

너무 맛있는 떡볶이
매일 먹을 수는 없을까

떡볶이 장사를 하면
매일 먹을 수 있지

난 떡볶이가 좋아

너무 좋아

다음 날도 그 다음 날도 거의 열흘 동안 준호는 아침마다 5원짜리 지폐를 손에 쥐고 떡볶이 가게를 방문했다. 떡볶이 가게 주인에게 준호는 베스트 단골이 되었다. 어린아이가 매일 5원씩 떡볶이를 사 먹는데도 아저씨는 '부모가 부자인가 보다'라고 생각하고는 그저 고맙기만 했다.

어린 준호에게 5원은 큰돈이었다. 그 돈을 엄마가 매일 용돈으로 준호에게 줄 수 있었겠는가. 일주일 용돈으로 5원을 줬는데 준호는 불과 한나절 만에 떡볶이 가게에서 다 써버렸으니, 어떻게 돈을 매일 쓸 수 있었을까? 그것도 열흘 동안이나…….

준호는 아빠가 저녁에 들어와서 하루 번 돈을 헤아릴 때 도와주는 척하면서 5원짜리 지폐를 슬쩍한 것이다. 결국 이 도둑질은 오래가지 못했다. 하루도 빠짐없이 5원을 들고 떡볶이 가게를 방문하는 준호를 수상하게 여긴 식모 누나가 저녁 늦게 돌아온 엄마에게 고자질했다.

다음 날 아침 준호 엄마는 출근하는 체하면서 떡볶이 가게로 달려가는 준호를 따라갔다. 아니나 다를까, 준호는 곧장 떡볶이 가게로 가서 5원짜리 지폐를 주인에게 건네면서 떡볶이를 주문했다.

그 순간 준호 엄마가 나타나 가게 주인 손에서 5원짜리 지폐를 빼앗으며 "아니, 사장님! 어찌 코 묻은 돈을 그렇게 넙죽 받을 수가 있죠? 아이가 돈을 가지고 매일 떡볶이를 사 먹으러 오면 한 번쯤 말렸어야 되는 거 아닌가요?"라고 쏘아붙였다.

가게 주인은 할 말을 잃었다.

준호는 더 이상 떡볶이 가게에 갈 수 없었고, 그 대신 집에서 식모 누나가 만든 맛없는 떡볶이를 먹어야 했다.

8

경보극장

복사골에서 마포시장으로 가는 길에 경보극장이 있었다. 그 당시 경보극장은 마포에서 가장 인기 있는 문화시설이었다. 준호와 친구들은 존 웨인이 나오는 미국 서부극이나 왕우가 주인공인 중국 무협영화를 매우 좋아했다. 용돈이 넉넉지 않은 도화동 아이들에게 문제는 극장표였다. 밤섬에 놀러갈 때도 뱃삯이 없어 어른 손을 잡고 무료 승차한 경험이 있는 아이들이었기에 이번에도 그 방법으로 경보극장 안으로 들어갈 수가 있었다.

"아저씨, 저 좀 데리고 들어가 주세요, 네?"

준호는 마음씨 좋아 보이는 몸이 좀 뚱뚱한 아저씨의 손을 잡고 무사히 극장으로 입장했다.

"아줌마, 저도 좀 데리고 들어가 주시면 안 될까요?"

창진이도 몸과 마음이 넉넉해 보이는 아줌마에게 달라붙어 무사히 극장 안으로 들어갈 수 있었다.

상호가 문제였다. 상영 시간이 다가오는데 좀처럼 마음씨 좋아 보이는 아저씨나 아줌마가 나타나지 않았다.

"아, 어떡하지? 친구들이 안에서 기다릴 텐데……."

준호와 창진이도 초조하게 극장 밖을 내다보면서 상호가 들어오기만을 고대했다.

"따르릉 따르릉……."

드디어 본영화 상영을 알리는 벨이 울렸다.

"어떡하지? 우리끼리 들어갈까?"

창진이가 초조한 나머지 준호에게 보챘다.

"조금만 더 기다려보자. 우리 삼총사가 같이 봐야 되지 않
겠니?"

준호는 보채는 창진이의 손을 잡고 밖을 내다보면서 상호
가 들어오기만을 학수고대했다.

마음이 전달되었는지 상호가 멋진 신사분의 손을 잡고 극
장 안으로 들어왔다.

"상호야!"
"준호야!"
"상호야, 임마!"
"창진아!"

삼총사는 조금 늦었지만 영화를 함께 보게 된 것에 기뻐했다.

극장 안은 이미 본영화가 시작되어 온통 깜깜했다. 아이들은 서로의 어깨에 손을 올려놓고는 떨어지지 않으려고 애썼다. 조금 지나니까 어둠 속에서도 사람들이 자리를 꽉 채우고 앉아 있는 모습이 보였다. 준호와 창진이와 상호는 어쩔 수 없이 극장 안쪽 벽에 기대서서 존 웨인의 '역마차'라는 서부영화를 관람했다.

영화가 끝나자 준호는 친구들과 집으로 돌아갔다. 돌아가는 길에 준호는 "와, 정말 재미있지 않았니?" 하고 친구들에게 흥분해서 말했다. 상호가 맞장구를 쳤다.

"그래, 링고가 정말 멋있어!"

"나도 장총 하나 사서 총싸움을 하고 싶어!"

창진이도 서부영화에 등장하는 카우보이가 된 양 친구들

에게 소리쳤다. 그렇게 준호와 친구들은 영화 내용을 주고받으면서 복사골 집으로 돌아왔다.

재미있는 영화를 본 준호는 집에 오자마자 준용이와 준희를 불러놓고 영화 이야기를 침을 튀기면서 설명했다.

"형아, 준희야, 잘 들어봐. '역마차'라는 영화를 보고 왔는데 1939년에 존 포드 감독이 만든 흑백 영화야. 총천연색 영화가 아니라 좀 아쉬웠지만 너무 재미있었다. 줄거리는 다음과 같아."

"미국 서부 개척 시절 아직 기차가 놓여 있지 않은 애리조나 지역 마을에서는 역마차로 사람들과 짐을 실어 날랐어. 역마차 안에는 다양한 캐릭터들이 등장했지. 술주정뱅이 의사, 위스키 외판원, 마을에서 추방당한 술집 여자 댈러스, 기병대 대위 남편을 찾아온 임신한 맬로리 부인, 그 부인을 보호하기 위해 따라온 도박꾼, 링고라로 불리는 주인공, 예금으로 맡긴 돈을 가지고 탄 은행장 그리고 마차를 몰고 가는 마부와 보안관 등 9명이 주요 인물이었어. 물론 아파치의 두목 제로니모도 주요 인물이었지. 역마차의 최종 목적지인 로스버그를 앞에 두고 벌어지는 아파치와 역마차 인물들 간의 총격전이 일품이었어. 말을 타고 추격하는 아파치들을 주인공 존 웨인이 역마차 위에서 인디언 악당을 '탕 탕 탕……' 쏴 죽이는 장면과 총알이 떨어져 아파치에게 역마차가 위기에 빠지는 순간에 기병대가 트럼펫 소리를 울리면서 등장하는 장면은 감동 그 자체였고 손에 땀을 쥐게 했어. 역마차는 마침내 목적지인 로스버그에 도착했고, 그곳에 있던 링고의 아버지를 죽인 악당 3명을 주인공은 정당한 대결로 죽이고는 역마차를 탈 때부터 사랑하게 된 술집 여자 댈러스와 함께 마차를 타고 자기 집으로 떠나는 장면으로 영화는 끝났어."

어린 준호가 얼마나 열심히 봤으면 영화 줄거리를 정확하게 이야기해 주자, 준용이는 "너 이담에 영화감독 해도 되겠다." 하고 웃으면서 준호를 칭찬하고는 자기 공부방으로 들어갔다.

"와, 정말 재미있지 않니?"

준호는 어린 준희에게 흥분해서 말했다.

하루는 경보극장에 중국 무협영화가 들어와 상영 중이었다. 왕우가 주인공인 '외팔이'라는 영화였다. 준호와 친구들은 들떠서 "그 영화 꼭 보자!" 하고 이구동성으로 외쳤다.

"그래, 이번에는 돈을 내고 표를 사서 좌석에 앉아 영화를 보자. 용돈들 아껴서 3원씩 준비해 와."

준호는 더 이상 어른들 손을 잡고 영화관에 들어가고 싶지 않았다.

"그래, 그렇게 할게."

상호와 창진이도 화답했다.

마침내 용돈이 3원 정도 모아지자 삼총사는 당당하게 경보극장으로 향했다. 사실 영화 관람료는 18세 이상은 5원, 그 아래 어린이와 청소년은 3원이었다. 준호가 대표로 매표소에 가서 어린이표 3장을 사서 친구들과 함께 으스대면서 극장 안으로 들어갔다. 전편 영화가 끝난 지 얼마 안 되었는지 극장 안은 조명이 켜져 있어서 밝았다. 준호는 안내양에게 표를 보여 줬고, 안내양은 친절하게 준호와 친구들을 좌석으로 안내했다.

"야호, 좌석에 앉아서 영화를 관람하니 너무 좋다!"

"글쎄 말이야, 이제부터는 돈을 내고 당당하고 편하게 영화를 보자."

"그래, 맨날 가슴 졸이며 어른들 눈치 보느라 힘들었는데, 이렇게 표를 사서 들어오니 정말 좋다."

"하하하…… 허허허…… 크크크……."

삼총사는 즐거운 마음으로 왕우 주연의 '외팔이'라는 무협 영화를 손에 땀을 쥐고 관람했다.

영화가 끝나자 준호와 친구들은 근처 떡볶이집으로 갔다. 준호가 3원이 있다면서 떡볶이를 먹으며 영화 본 이야기를 하자고 제안했다.

"역시 부잣집 도련님은 다르네. 크크크……."
"마침 배가 고팠는데, 준호야, 잘 먹을게."

삼총사는 떡볶이를 먹으면서 '외팔이' 영화에 대해 침을 튀기면서 이야기하기 시작했다.

"야, 왕우가 너무 멋지지 않니? 한 팔로 무수한 적들을 베어 버리고 사부와 가족들을 지켜 주니 말이야."
"그래, 난 왕우가 오른팔을 사부의 딸한테 잃고 마을로 오다가 다리 위에서 강물로 떨어지는 장면이 아찔했어. 그때 여자 주인공이 다리 밑으로 배를 타고 지나가지 않았으면 왕우는 물에 빠져 죽었을 거야. 타이밍이 절묘했어.”

　“난 거의 마지막 장면에서 왕우가 적수 두목이 던진 창이 팔이 없는 오른팔에 맞아서 쓰러질 때 진짜 죽어서 쓰러진 줄 알았어. 팔이 없으니 옷에 창이 꽂힌 줄 모르고…… 허허 허…….”

　준호와 친구들은 시간 가는 줄 모르고 영화 이야기에 빠져 한바탕 웃음꽃을 피웠다.

9

입학식

준호가 여덟 살 되던 3월 2일, 드디어 마포초등학교에 입학했다. 입학식 날은 약간 추운 날씨였지만 준호는 새 옷을 입고 가슴에 하얀 손수건을 달고는 할머니 손을 잡고 씩씩하게 학교에 갔다.

학교 운동장에는 이미 많은 신입생들과 보호자들이 모여 있었다. 학교 건물 앞에 단상이 있는데, 그 양옆에는 하얀 천으로 덮은 천막과 걸상들이 놓여 있었다. 교장 선생님과 귀빈들을 위한 자리였다. 그 단상 앞에는 하얀 도화지에 학년과 반을 붙인 팻말을 고학년 학생들이 들고 있었다.

"준호야, 너는 1학년 3반이니 저기 팻말 앞에 가서 서거라! 할머니는 여기 학부모석에서 기다릴 테니……."

"네, 할머니!"

준호는 큰 소리로 대답하고는 1학년 3반 팻말 앞으로 씩씩하게 걸어갔다. 팻말 앞에는 이미 두 명의 어린이가 줄을 서 있었다. 사내아이와 계집아이였다. 준호는 밝게 미소 지으면서 "안녕! 애들아, 난 이준호라고 해."라고 말했다. 팻말 뒤에 서 있던 아줌마처럼 푸근하게 생긴 담임 선생님이 활짝 웃으면서 "이준호 왔구나. 반가워!"라고 먼저 아는 체를 했다.

"선생님, 안녕하세요?"

준호는 다른 아이들과는 다르게 똑 부러지게 인사했다. 입학식에 온 1학년 학생들은 대부분 얼이 빠져 부모 손을 놓지 않거나, 다른 학생들에게는 물론 선생님께 인사하는 데도 망설이고 쭈뼛쭈뼛 행동하는데, 준호는 씩씩하게 행동하니 선생님이 반길 수밖에……

준호는 1학년 3반 학생으로 멋진 입학식을 했다.

겨울이 되면 함박눈이 내리고 마포초등학교 앞이 언덕이라 자연히 스키장이 만들어졌다. 준용이는 준호를 데리고 대나무 스키를 타고 그 언덕길을 쌩쌩 달려서 내려갔다. 준용이는 스케이트도 선수처럼 잘 탔지만 대나무 스키도 잘 타서 동네 애들이 부러워했다. 준호는 그 정도는 아니었지만 형한테 배워서 그런지 그런대로 잘 탔고, 겨울 방학을 재미있게 보냈다.

대나무 스키를 타고
눈 덮인 언덕을 내려가면
찬바람이 얼굴을 스친다.

매서운 칼바람이지만
아이들은 아랑곳 않고
환호성을 지른다.

내려오다 미끄러져

뒹굴어도 히히거리고
온몸에 땀을 흘린다.

한참 즐겁게 스키를 타고 있는데 얼굴을 찡그리고 험상궂
게 생긴 아이들 서너 명이 와서 준용이와 준호에게 시비를 걸
었다.

"야, 너희들은 이 동네 아이들도 아닌데 여기 와서 스키를
타는 거야?"
"사용료를 내고 타야지!"
"아니면 너희 동네로 꺼져!"

준용이는 준호를 생각해서 싸우려고 하지 않았고, 대나무
스키를 챙겨 준호를 데리고 집으로 돌아갔다.

"형아, 왜 그냥 가는 거야. 우리도 이 학교에 다니는
데……."

"오늘 많이 탔으니 다음에 또 와서 타자, 준호야."

준용이는 의젓하게 말하고는 준호의 손을 잡고 서둘러 집
으로 왔다.

10
아빠의 죽음

준호가 2학년이던 겨울 어느 날, 아빠가 평소보다 일찍 자전거를 끌고 퇴근해서 집으로 왔다. 준희와 마당에서 놀고 있던 준호는 "아빠, 오셨어요?"라고 말하면서 반갑게 맞이했다. 아빠는 좀 피곤하다는 듯이 평소와는 다르게 아무 대답도 없이 안방으로 가서 바로 누웠다. 식모 누나가 저녁을 차려서 갖다 드렸는데 한 숟갈도 안 뜨고 그냥 누워 계셨다. 준호와 준희는 아빠의 양쪽 팔베개를 하고 같이 누워 있었다. 그날따라 늦은 시간인데도 준호 엄마는 아직 돌아오지 않았다.

"준호야, 형을 불러오렴."

준용이는 공부를 하느라 안방에 없었기 때문에 아빠가 준호한테 형을 불러오라고 했다.

"네, 아빠!"

준호는 얼른 대답하고는 건넌방에 가서 "형, 아빠가 불러!"라고 외쳤다. 준용이가 아빠에게 오자, 아빠는 힘들게 "이모네 가서 이모부를 데려오렴. 의사도 함께……."라고 말했다.

6학년인 준용이는 사태를 직감하고는 15분 거리에 있는 이모네 집으로 달려갔다.

"이모부, 준용이에요. 아빠가 많이 편찮으세요. 빨리 모시고 오래요. 의사도 함께 모시고 오래요!"

준용이는 다급하게 이모네 집으로 들어가면서 부르짖었다.

"아니, 무슨 일이니? 형님이 편찮으시다고? 어제까지만 해도 건강하셨는데…….”

이모부는 다급하게 들어오는 준용이의 표정에서 심각함을 깨닫고 서둘러 외투를 걸치고 준용이와 함께 근처 잘 알고 있는 의원에 들러 의사에게 왕진을 부탁하고는 셋이 함께 준용이네로 갔다.

“땡, 땡, 땡……….” 마루에 걸린 괘종시계가 어느새 밤 9시를 가르쳤다.

“선생님, 좀 어떻습니까?”

이모부는 초조한 얼굴로 의사에게 물었다.

의사는 “혈압이 높으셔서 피를 좀 뽑아야겠습니다.”라고 대답하면서 커다란 주사기를 검은 가방에서 꺼내어 아빠 팔에 꼽고 피를 뽑아 큰 대접에 뿌렸다.

어린 준희는 아빠의 피를 보고 울기 시작했고, 준호와 준용이는 몹시 걱정하는 표정으로 아빠 얼굴을 바라보았다.

밤 11시가 돼서야 준호 엄마가 돌아왔다. 전화가 없었던 시절이었으니 그렇게 온 가족은 밤늦게야 아빠의 임종을 지켜볼 수 있었다.

"준용 아버지! 준용 아버지!"

엄마가 누워서 꼼짝하지도 않는 아빠의 몸을 흔들면서 불러 보았다. 아빠는 대답을 못한 채 단지 두 눈을 두 번 껌벅거리고는 마지막 숨을 거두었다.

장례식을 치르는 동안 상주들은 누런 베옷을 입었는데, 철없는 준호는 새 옷이라고 좋아해 주위 사람들을 더 슬프게 했다. 삼남매 아빠는 관에 누워서 선영 묏자리에 매장되었다.

"아이고, 준용 아버지! 나 혼자 어떻게 살라고 먼저 가셨

나요? 준용 아버지!"

　엄마는 아빠를 목놓아 부르면서 너무 슬피 울어 눈이 퉁퉁 부었다. 준용이는 장남답게 과묵하게 장례 절차를 지켜보고, 새 옷이라고 좋아하던 준호와 준희는 아빠가 누워 있는 관이 땅속으로 들어가자 그제야 엉엉 울었다.

　"아이고, 아버지! 왜 거기로 들어가세요? 아버지……."
　"아이고, 아빠!"

　아빠의 시신이 매장되고 일꾼들이 흙을 덮어 산소를 만들 때까지 준호네 가족의 슬픈 울음소리는 계속되었다. 엄마는 너무 슬피 울다가 지쳐 까무러치기도 했고, 과묵한 준용이도 눈물이 얼굴을 뒤덮었다. 준호와 준희는 울다가 지쳐 기어들어가는 소리로 '아빠'를 계속해서 불렀다.
　매장 절차가 끝나자 준호네 가족과 친척들은 영구차를 타고 서울로 돌아왔다.

11

삼남매 엄마

‘준용 엄마, 준호 엄마, 준희 엄마’라는 호칭이 삼남매 엄마의 이름이다. 아닌 밤중에 홍두깨라고, 졸지에 남편을 잃은 삼남매 엄마는 큰 슬픔을 뒤로하고 자식들을 위해 돈을 벌어야 하기에 49재를 지내고는 다시 대도리 일을 시작했다. 아빠와 둘이 했을 때도 엄마가 훨씬 더 많은 물건을 공장에서 떼다가, 목이 부러질 정도로 무거운 보따리를 머리에 이고 시장 거래처를 돌면서 팔았는데……. 이제는 혼자서 그 일을 해야 하니 보따리가 더 커질 수밖에 없지 않는가.

  하늘보다 높고
  땅보다 넓고
  바다보다 깊은 어머니의 은혜

오직 자식을 위해
자신을 희생하고
모진 고통과 괴로움을
감당하신 어머니

자나 깨나
앉으나 서나
자식을 위해
기도하시는 어머니

어머니는 희생이요
어머니는 은혜요
어머니는 사랑이다.

엄마는 아침 일찍 출근해서 밤늦게 귀가하기 때문에 삼남
매의 일상생활은 거의 식모 누나에게 맡길 수밖에 없었다.
그런데 식모가 엄마만큼 정성스럽게 아이들을 돌볼 수 있겠

는가. 그러니 삼남매는 각자 스스로 생활을 했고, 특히 준용이는 아빠의 부재가 충격으로 다가와서 그런지 말이 없어졌고, 오직 중학교 입시를 위해 공부하는 일에 매진했다.

전교에서 1,2등을 다투던 준용이이기에 별 어려움 없이 일류 중학교에 합격할 줄 알았는데, 1차, 2차 심지어 3차 중학교 입시에도 떨어졌다. 실망한 준용이보다도 엄마 마음은 더욱 무거웠지만, 내색하지 않고 준용이를 학교를 옮겨 재수 기숙 가정에서 공부하도록 했다. 그래서 준용이는 일 년간 기숙 가정에 머물며 옮긴 학교에서 이를 악물고 중학교 입시를 다시 준비했다.

일 년 후 준용이는 보란 듯이 일류 중학교에 우수한 성적으로 입학했다.

"형, 축하해!"
"큰오빠, 축하해!"

준호와 준희는 제 일처럼 준용이의 중학교 입학을 축하

했다.

삼남매 엄마는 무거운 보따리를 머리에 이고 다니면서 악착같이 자식들을 위해 일했다. 참으로 악착같이 노력해서 삼남매를 보란 듯이 공부시켰고, 어느 정도 자금이 모아지자 힘든 보따리 장사를 접고 어떤 사업을 할까 구상했다. 평생 섬유 계통에서 일을 했기에 삼남매 엄마는 스스로 옷을 만들어 팔 수 있는 섬유 공장을 생각했고 실천에 옮겼다.

12

용강동 아이들

삼남매 엄마는 대도리 일을 그만두고 자그마한 섬유 공장을 차렸다. 메리야스를 생산하는 공장이었다. 처녀 때는 의상실에서, 결혼해서는 파자마 공장과 대도리 일로 섬유업계에 종사한 경험이 메리야스 공장을 하게 된 계기가 되었다. 공장이 있는 곳이 용강동이라 삼남매 엄마는 가정집도 공장 근처로 이사했다.

용강동은 준호가 살았던 도화동 건너편에 있는 동네였다. 용강동에서도 마포나루가 멀지 않아 준호에게는 새로 이사 온 곳이 낯선 동네처럼 느껴지지 않았다. 그러나 3학년 학생이 마포초등학교를 계속 다니기에는 거리가 멀어 집 근처 신석초등학교로 전학했다. 복사골 삼총사와 헤어지는 건 섭섭했지만 준호는 곧 적응했고, 은극이와 주호라는 용강동 아이들과 친해졌다. 은극이와 주호는 같은 반이기도 했고 바로 위 아래 집에 사는 이웃사촌이기도 했다.

준호는 복사골에 사는 창진이와 상호와도 가끔씩 마포나루에서 만나 우정을 이어갔지만, 거의 매일 만나는 은극이와 주호가 점점 가까워지는 것을 부인할 수 없었다.

일요일에 준호가 집에서 숙제를 하고 있는데 은극이가 찾아왔다.

"준호야, 나와 같이 교회에 가지 않을래?"

은극이는 준호를 자기가 다니는 교회로 데려가려고 아침 일찍 찾아온 것이다.

"교회? 글쎄?"

준호는 망설이면서도 은극이의 요청을 단번에 거절하진 않았다. 사실은 엄마가 얼마 전부터 교회를 다니고 있었기

때문에 교회라는 단어가 낯설지는 않았다. 엄마는 같이 대도
리 일을 하던 친구에 의해 남영교회라는 곳을 다녔고, 삼남매
도 곧 데리고 나갈 작정이었다.

"좋아, 네가 그렇게 부탁하니 한번 가 보지."

준호는 은극이의 재촉을 은근히 반기면서 마지못해 같이
가는 것처럼 행동했다. 은극이가 다니는 교회는 초등학교에
서 북쪽으로 15분 정도 걸어가면 있었다.
예배당에 들어가니 많은 아이들이 모여 있었다.

"준호야, 내 옆에 꼭 붙어 있어. 내가 목사님과 선생님 그
리고 친구들을 소개시켜 줄게."

은극이는 약간 들떠서 준호를 예배 시작 전에 목사님과 선
생님 그리고 친구들에게 소개했다. 처음 경험한 예배이지만
준호는 차분하게 은극이의 도움을 받아 무난히 예배를 마쳤

다. 물론 예배가 끝날 때쯤 목사님이 준호를 초등부 전체 학생들에게 인사시켰다.

"안녕하세요? 3학년 이준호입니다."

준호는 씩씩하게 자기소개를 하고 은극이와 함께 다시 집으로 돌아왔다.

성부 성자 성령
삼위일체 하나님

믿음이 많든 적든
똑같이 사랑하시는 주님

놀라운 권능으로
연약한 자를
도우시는 주님

주님은 목자

주님은 인도자

주님은 구원자

무엇보다도 겨울이 되면 한강이 꽁꽁 얼어 용강동 아이들
은 그곳에서 하루 종일 썰매나 스케이트를 탔다. 준호도 처
음에는 준용이형한테 스케이트를 배웠고, 어느 정도 탈 만하
자 친구들과 같이 스케이트를 탔다. 날씨가 매우 추웠지만 스
케이트를 타다 보면 땀이 날 정도니 겨울 방학 내내 그곳에서
살았다고 해도 과언이 아니다.

용강동 아이들은 그렇게 겨울 방학을 한강 얼음 위에서 보
내고 방학 숙제는 개학 며칠 전에 몰아서 하느라 정신이 없었
다. 준호는 공부 잘 하는 형이 있어 뒤늦게 방학 숙제를 몰아
서 했지만 친구들보다 먼저 끝낼 수 있었다.

"준호야, 숙제 다 했으면 좀 보여 주렴."

"준호야, 나도!"

은극이와 주호는 준호보다도 더 늦게 준호네 집에서 숙제를 베끼느라 정신이 없었다. 그렇게 용강동 아이들에게 3학년 겨울 방학은 너무 빨리 지나갔다.

13
전라도 아줌마

준호 엄마는 공장을 운영하시느라 너무 바빠서 가정부로 전라도 아줌마를 고용했다. 남원 출신이라 그 가정부를 그렇게 불렀다. 식모 누나에서 전라도 아줌마로 사람만 바뀌었을 뿐 줄곧 남의 손에 살림을 맡겨 성장했던 터라 삼남매는 전라도 아줌마에게도 곧 익숙해졌다.

"어이들 싸게싸게 씻고 저녁 먹으랑께."

처음에는 어색하던 전라도 사투리가 곧 익숙해졌고, 가정부가 끓여 주는 김치찌개가 삼남매에게는 최고의 음식이었다. 사실 다양한 반찬은 엄마를 위해 준비하고 아이들한테는 찌개 한 가지만을 제공한 것이다.

준용이는 고등학교 입시 공부를 하느라 집에 있는 시간이 별로 없고, 주로 학교에서 늦게까지 있다가 집에 와서 잠만 자고 또 학교에 가는 생활을 했다. 그래서 그런지 준용이의 책가방 안에는 항상 크림빵이 들어 있었다.

"형, 나 빵 하나만 줘!"
"나도, 큰오빠!"

주말에 어쩌다 삼남매가 마주치면 준용이한테 동생들이 졸랐다. 준용이는 어린 동생들이 안되었는지 별말 없이 가방에서 빵을 꺼내 건네고는 학교로 갔다. 준용이의 학교는 사창고개를 넘어가면 되기 때문에 준용이는 주로 걸어서 학교에 갔다.

준호도 4학년이 되어 학교에 있는 시간이 길어졌고, 준희만이 1학년이라 집에 머무는 시간이 길었다. 준호 엄마는 공장에서 숙식을 해결했기 때문에 전라도 아줌마가 실제로 삼남매 엄마 역할을 했다. 그러니 엄마의 따뜻한 손길이 그리운 아이들에게 가정부가 그 역할을 어찌 대신하겠는가. 그럼에도 삼남매는 큰 말썽 없이 마치 철이 든 아이들처럼 자기 나름대로 생활을 스스로 해 나갔다.

어느 날 전라도 아줌마가 외출했을 때 준희는 작은오빠에게 떡볶이를 해 달라고 보챘다.

"작은오빠, 떡볶이 해서 같이 먹자! 응?"

"그래? 떡볶이라…… 알았어. 재료가 있나 보고……."

준호는 부엌으로 가서 떡볶이떡이 있는지를 확인하고는 "오, 여기 조금 남아 있네. 어디 요리 좀 해 볼까?" 하면서 큰 프라이팬에 물을 붓고 고추장을 푼 다음 떡을 넣고 설탕을 넣어 맛있는 떡볶이를 만들었다.

"자, 다 됐다. 어서 먹어!"

"와, 맛있겠다!"

준희는 작은오빠가 만들어 준 떡볶이를 세상 어떤 음식보다도 맛있게 먹었다. 어려서부터 떡볶이를 유난히 좋아했던 준호는 떡볶이 만드는 건 식은 죽 먹기였다.

　어느 날 저녁 전라도 아줌마의 딸이란 분이 집에 왔다. 시집간 딸이 엄마가 보고 싶어 왔다고 했다.

　"안녕하세요?"
　"………."
　"안녕하세요?"
　"………."

　준호와 준희는 다정하게 인사를 하고는 건넌방으로 들어갔다. 그 누나는 어색했는지 인사를 받는 둥 마는 둥 안방에서 꼼짝하지 않았다.
　그리고 얼마 안 되어 한 남자가 손에 소주병을 들고 집으로 들어왔다. 준용이 형은 아직 학교에서 안 오고 남자라고는 준호밖에 없었다. 그 아저씨는 자기가 남편이고 아내를 찾으러 왔으니 빨리 나오라고 했다.

"야! 안 나와? 네가 도망가면 내가 못 찾을 줄 알아? 이거 왜 이래?"

그는 소리소리 지르며 마루로 올라왔다. 준호와 준희는 너무 무서웠다. 전라도 아줌마와 딸은 안방에서 문고리를 잡고 꼼짝도 안 하는 것 같았다. 준호는 남자라는 생각이 강하게 들어 당당하게 건넌방에서 나와 그 사람을 마주 봤다.

"아저씨, 누구신데 우리 집에 와서 소리를 지르고 그러시는 거죠?"

준호는 목소리가 약간 떨렸으나 당당하게 말했다.
그 남자는 갑자기 준호를 꼬나보더니 소주병을 입으로 가져가 씹듯이 뚜껑을 열었다. 입술이 찢어져서 피가 났다. 그는 아랑곳 않고 소주를 벌컥벌컥 마셨다. 준호는 몸이 떨리고 무서웠지만 꾹 참고 "왜 이러시는 거죠? 이러면 경찰을 부르겠어요."라고 말했다.

그때 안방 문이 열리면서 전라도 아줌마가 나왔다.

"이 사람아, 왜 이러는가? 자네가 남의 집에 와서 이렇게 행패를 부리면 어떻게 하는가?"

"아, 장모님! 아 글쎄, 와이프가 툭하면 못 살겠다고 집을 나가니 제가 어떻게 해야 합니까?"

"자네가 허구한 날 애를 이 잡듯이 패니 애가 살 수 없어 나온 것 아닌가?"

요지는 이랬다. 시집간 딸을 남편이 술만 먹으면 손찌검을 하고 의처증 증상을 보인다는 것이다. 하루 이틀도 아니고 허구한 날 맞고 살 수는 없는 일 아닌가?

그 남자는 결국 무릎을 꿇고 진심으로 사과하고는 아내를 데리고 집에서 나갔다.

준호와 준희는 그 몇 시간이 공포로 다가와서 많이 무서웠지만 다행이라고 생각하고 한숨을 쉬었다.

준호는 전라도 아줌마의 시집간 딸이 그런 환경에서 지내니 속이 많이 상하겠다는 생각이 들었다.

다음 날 아침 일찍부터 부엌에서 달그락달그락 소리가 났다. 오랜만에 아줌마가 아침상을 준비해서 푸짐한 아침 식사를 할 수 있었다.

"준호야, 어제는 미안했단다. 그래도 남자라고 나와서 맞서 얘기해 줘서 고마웠단다."

"아줌마, 걱정 마세요. 언제든지 그런 일이 있으면 준호가 나설 테니까요."

"하하하……."

"호호호……."

"헤헤헤……."

준호와 준희는 웃으면서 기분 좋게 학교로 갔다.

14
졸업식

준호는 초등학교 최고학년이 되자 중학교 진학을 위해 더욱 열심히 공부에 매진했다.

"나도 형처럼 일류 중학교에 진학해야지."

준호는 마음을 굳게 먹고 오직 중학교 입시에 매달려 새벽부터 밤늦게까지 책과 씨름했다.

"작은오빠, 심심해. 나랑 놀아줘."

준희가 준호 옆에서 숙제를 하다가 같이 놀아 달라고 해도 준호는 "안 돼, 준희야, 숙제 다 했으면 나가서 친구들과 놀면 되잖아."라고 단호하게 거절했다. 그만큼 준호의 일류 중학교 진학에 대한 결심은 대단했다.

1학년 때부터 반에서 1, 2등을 차지했던 준호이기에 어쩌면 당연한 모습이지만, 준호 자신이 결심하고 공부에 매진하는 것이 엄마와 준용이는 기특해 보일 뿐이었다. 이미 준용이는 고등학생으로서 대학 입시를 위해 공부에 매진하고 있었고, 엄마는 여전히 섬유 공장을 운영하면서 아이들 뒷바라지를 하고 있었다.

그런데 뜻밖의 소식이 들려왔다. 뉴스를 통해 이번 초등학교 졸업생부터는 중학교 입학을 은행알 추첨에 의해 진학을 결정한다는 것이다. 일류 중학교 입학을 위해 그동안 열심히 공부하던 준호는 너무 실망했고, 공부에 매진할 의미를 잃어버릴 정도로 멘붕에 빠졌다.

"준호야, 너무 실망하지 마. 누가 알겠어, 은행알 추첨으로 일류 중학교에 당첨될지……."

"그래, 작은오빠, 은행알 뽑기를 잘 하면 되잖아……."

준용이와 준희가 실망한 준호를 위로했다. 준호는 기분을 전환할 겸 오랜만에 친구들을 만났다. 도화동 삼총사와 용강동 친구들, 모두를 불러내어 빵집에서 빵과 우유를 마시면서 수다를 떨었다.

"어떻게 이럴 수가 있니? 우리 모두 일류 중학교에서 다시 만나자고 열심히 공부했잖아?"

"글쎄 말이야. 이거 너무한 거 아니니?"

"맞아. 공부 안 하고 뺀질거리던 애들한테야 희소식이겠지만……."

상호가 정색을 하며 마치 매우 중요한 정보를 알고 있다는 듯이 친구들을 가운데로 모아 놓고 진지하게 말했다.

"사실은 말이야, 대통령 아들이 이번에 우리와 같이 중학교 입시를 본다는구나. 그래서 갑자기 입시제도가 바뀌게 된 거고……."

"앗, 말도 안 돼! 있을 수 없는 일 아냐?"

"아니, 어떻게 그럴 수가 있지? 이거 가만 있으면 안 되는 거 아냐?"

"뭐 어쩌려고? 데모라도 하게? 하하하…….."

"허허허…… 크크크…… 히히히…….."

준호와 친구들은 어쩔 수 없다는 듯이 한바탕 큰 소리로 웃으며 현 상황을 이겨 내려고 애썼다.

"그래, 누가 뺑뺑이를 제일 잘 돌려서 일류 중학교에 진학하는지 보자. 하하하…….."

"교회에 열심히 나가서 기도 많이 하렴. 허허허…….."

"난 절에 가서 부처님께 빌 거야. 크크크…….."

"자식들, 그런다고 되냐? 만약을 위해 지금처럼 공부에 매진해!"

"만약은 무슨…… 이미 확정해서 뉴스에 날 정도면 끝난 거야."

결국 은행알 추첨 결과 준호와 상호, 은극이와 창진이는 중간 수준의 이류 중학교에 배정을 받았고, 주호만 일류 중학교는 아니지만 괜찮은 중학교에 진학했다.

너무 실망한 준호의 초등학교 졸업식은 우수상과 개근상을 받는 것으로 위로받고 끝났다.

15
에필로그

푸른 하늘과 맑은 공기, 깨끗한 강물과 정박한 나룻배…….

준호의 어린 시절의 마포나루는 그랬다. 준호는 시내에 있는 중학교에 진학했고, 학교 다니기 바빠서 아름다운 추억이 있는 마포나루를 거의 잊어버렸다. 또한 마포나루는 마포대교가 여의도까지 놓이면서 사라졌다. 그 많은 새우젓 가게도 사라졌고, 마포종점도 사라졌다. 시대가 변했다.

시간은 빨리 지나간다네.
붙잡을 수 없다네.
시간과 함께
추억의 장소도 사라진다네.

언제

어디서

무엇을 할지라도

잊을 수 없는 기억이 있기에

뇌리 속에서 그곳은 리플레이 된다네.

시간이 지나감에 따라

시대가 변한다네.

과거라는 울타리에 묶어 두고

미래를 향해 나아가게 한다네.

준호의 이야기는 종착역을 향하여 달렸다. 순수하고 맑은 아이 준호는 그렇게 어린 시절을 보낸 후, 보다 성숙하고 건장한 청소년으로 성장했다. 시간이 흘러갔고, 시대가 변했다. 그러나 준호가 체험했던 어린 시절은 이야기 속에 남아 영원히 살아 숨 쉬리라……

〈끝〉

마포나루

펴낸날   초판 1쇄 2022년 4월 5일

지은이   이성훈
펴낸이   서용순
펴낸곳   이지출판

출판등록   1997년 9월 10일
등록번호   제300-2005-156호
주소   03131 서울시 종로구 율곡로6길 36 월드오피스텔 903호
대표전화   02-743-7661   **팩스** 02-743-7621
이메일   easy7661@naver.com
인쇄   ICAN

값 11,000원

ISBN 979-11-5555-177-6 03810

※ 잘못 만들어진 책은 교환해 드립니다.